KB176524

블루음계

블루음계

제2시집

김 명 옥

동산문학사

서문

첫 시집을 낸 지 7년이 흘렀습니다.

그간 틈틈이 써서 저장해 놓은 시의 편수가 세 자릿수를 넘겼습니다.

누군가에게 이런 말을 들었습니다.

시도 오래 묵히면 썩는다는 말. 설마 하고 웃어넘겼지만, 다시 씨앗을 뿌리려면 그간 자란 작물은 거두는 게 맞습니다.

알곡만 몇 섬이면 얼마나 좋겠습니까만 쭉정이가 나온대도 튼실한 시의 열매를 위한 거름으로 쓰겠습니다.

시와 손잡고 걷는 길,

해넘이에도 쓸쓸하지 않을 것입니다.

시가 있어서,

시를 쓸 수 있어서 고마운 삶입니다.

- 2019년 봄 두물머리에서

차례

제2부 물의 정원

제3부 쯧쯧

제4부 뒤를 주목하다

제1부

초 대

봄날

한 잎 꽃잎을 따
코끝에 대는 너를 보았다

손등에서 얼굴로
번지는
발그레한 웃음을 보았다

오늘
그 손으로 무얼 건네든지
향내 나겠다

오늘
그 입으로 무슨 말을 하든지
은근 달곰하겠다

상처에 대하여

연잎 모가지
비틀어 따낸 자리
진저리나던 통증 가신
줄기 끝에
잠자리 한 마리 날아와
졸고 있다
남의 헌데가
세상에 없는 쉼터인 듯
네 활개 편 채
지질한 몸통도
진물 흐르던 꼬리도
다 내려놓고 한껏 평온하다
숨기지 마라
보여만 줘도 쉼이 되고
바라만 봐도 위로가 되는
서로의 상처를

한 말씀

오늘은
심중에 쟁여둔 말들
쏟아놓으러
강가로 갑니다

출렁출렁
또 누가 속을 썩이는지
강물은
물낯 가득 주름입니다

흘러 흘러가는 생이란
시간의 노를 젓든
물결의 노를 젓든
때로는 깊게
때로는 얕게
주름 고랑 늘려 가는 것

가져간 말은

한 마디도 못 꺼내놓고
일어서는 내게
강물이 한 말씀 던집니다

입가에 눈가에
굽이치는 주름도
가다가다 뒤돌아보면
살아온 무늬로
펼쳐 놓을만하다고요

4월

돌 틈에서
보도블록 사이에서
목 졸리는 틈바구니에서
기꺼이 살림 차리는 것들
고개 떨구고 걷는
너의 발밑에서
어제 흘린 한숨 한복판에서
세수하고 밥 짓는
꽃다지 개망초 민들레들
자밤자밤 모여 앉아
나누는 귀엣말
그래그래
괜찮아 괜찮아

4월의 귓바퀴
파아랗게 물든다

제비꽃 왈曰

돌 위에 또 돌
돌 옆에 또 돌
두드려도
통로 한 뼘 내주지 않는 석축 붙잡고
맞짱이라도 떠야 하나
하필이면 돌담에
하필이면 돌 틈에
하
필
이
면
을
입에 달고 사는 내게
돌 틈의 제비꽃 한 포기
말랑한 목소리로 한 방 먹인다
맨주먹 불끈 쥐면
벼랑 끝도
꽃밭이라고

무제

너무
오래 앉아있었다

뭉그적대던 자리에
기다리지 않아도 오는 밤낮이
너무도 익숙해서
뭘 도모하자고 조르지 않는 팔다리가
너무 편해서
들숨 날숨처럼 생각 없이 살았다

해넘이 서녘 하늘이
핏대 올리며 일갈하지 않았다면
나,
해묵은 풍경으로 가만가만 늙어갔으리
골방에 던져 놓은 내 몫의 쌀자루
아직 서너 됫박 남았으니
별말 없이 굳어가던 무릎
일으켜 세우고

낯선 바람 따라 나서야 한다

생소한 풍경이
빚어내는 전혀 다른 박동
받아 적기 위해
앉은 자리 털고 일어서야 한다

옹이

머리털 더부룩한 한 사내
벚나무 밑에 쪼그리고 앉아
가랑이에 얼굴 묻고
담배 연기 세차게 뿜어댄다.

제 안의 뜨거운 응어리
뱉어내려 고개를
연기의 늪에 처박고 있는지
저 통증 다 게워낸 후
없는 날개 달고 우화 하려는지

내려다보던
오래된 벚나무
톱 자국 낫 자국 툭 툭 불거진
옹이 몇 개 떼내
사내의 곁에
가만히 내려놓고 눈시울 붉힌다

전언

이슬 앉던 자리에
볕이 왔다 가면서
메모 몇 줄 남겨 놓았다
토마토 꼭지에
참외 배꼽에
내 정수리에
보이지 않게 꾹꾹 눌러 쓰고 갔다
떫은 성깔
쌉싸래한 심지
부디 농익혀
뼛속까지 달보드레한 맛
본때 있게
맛보이라고

하마터면

나긋나긋한
볕살
손등에 내려앉아
몽그작대면
개밥그릇 뒹구는
어제오늘 비집고
풀싹들이
들입다 솟쳐 올라와요
그래 그랬는지
오는 듯 마는 듯 스치는
남실바람
손을 꼭 잡을 뻔했어요

오후 세 시

단풍나무 그늘 서늘히 깔아놓은
빈 의자는
은발의 그녀들 불러 모으고
그림자마저 어슷비슷한
세 여자는
신발 벗어 던지고 올라앉아
뜸 잘든
구수해서 절로 입맛 도는 소싯적 이야기
푸짐하게 퍼내고
한 입 두 입 받아먹던
단풍잎은
볼살 미어지고
오래 걸어온
낡은 신발 세 켤레는
명지바람 끌어다 덮고
하마 코 골고

스냅사진

성글게 묶은
꽃다발 하나 걸어온다

망초 꽃 한 움큼 들러리 선 가운데
한물간 장미 한 송이
쓸쓸히 웃고 있는
바람 없어도 흔들리는
저 버성긴 꽃다발

두 손으로
감싼 채 걸어오는
늙마에 이녁이 애처로워
흐려지는 시야
젖은 눈꺼풀만
속절없이 깜박 깜박인다

노숙인

빛에 쫓겨 내려오던 길인지
어둠을 피해 올라가던 길인지
지상과 지하의 그 어름에 그가 앉아있다
A4용지만 한 완충지대에
불편한 그의 나날도
어김없이 따라와 사방으로 남루를 발하고 있다
무릎에 코를 묻고
지하도 층계참에 등 기댄 옆모습
영락없는 반점(,)이다
어디에도 없는 집을 찾아
더는 배회하지 않겠다는 듯이
혹 있을 가족도
흐르지 않는 눈물도 지워 버리겠다는 듯이
가늘게 뜬 눈마저 꼭 감는다
지금은 꿈꿀 수도 웃을 수도 없는 하나의 부호
구겨진 페이지에서 빠져나온 쉼표인 거로 족하니
오래전부터 가슴에 쟁여둔 긴 문장들
구절양장 기신기신 걸어가도
돌아보지 않으리

봄의 경전

이리저리
펼쳐놓은
길섶마다
파릇한 말씀 돋아난다

아이에서 어른
길짐승에서 날짐승
벌레들까지
다 알아듣도록

히브리어도
라틴어도
아닌
아주 쉬운 풀싹어로

애린에 대하여
본연에 대하여
순연한 필체로
촘촘히 써 내려가는
붓끝이 파아랗다

등나무에게 묻다

바닥에 웅크리고 있던 것들
한숨이며 주먹인 것들
부추겨
일어서자고
올라가자고 해서
세상을 바꾸고 깃발을 꽂을 줄 알았다

현란한 용틀임 떨치며
올라서서 하는 일이란 게
고작
열 받은 머리 식혀 줄 그늘이나 만들고
더친 가슴 어루만져 줄 향기나 만드는 일이냐
따져 물었다

허공에 매달려 꽃 피우느라
아팠던 순간들이 입을 달싹이며
그게 머리띠 두르는 일보다
스크럼 짜는 일보다
소중한 일이라 속삭인다

시작詩作

모창은 필요 없다
나는 내 목소리로
너는 네 목소리로

허공을 찢으며
날아가는
화살의 진폭과 결의를 가지고

광장과 뒷골목
거리를 오가는 가슴들
한복판에 꽂히도록
노래하는 것이다

고구마 줄기

벗겨보면 안다
까발리는 것이 마땅하고
두루 유익할지라도
작심하고 벗겨낸 사람
손톱 밑에 한동안
지워지지 않는
얼룩이 남는다는 것을

아버지

한쪽으로
기울어진 길 하나
빈 의자 먼산바라기 하는
둔치까지 오는데
한뉘가 다 갔다
고샅 지나 재 넘어
뼈아픈 공단의 밤길 걷고 걸어
여기까지 왔다

한 구비 돌 때마다
늘어나는 짐의 은혜로
넘어지지 않고
엇나가지 않고
기우뚱한 몸 저어
이곳까지 걸어왔다

낯익은 길 하나
피멍 든 노을 둘러메고

서편으로
서편으로
감감 멀어져 간다

초대

한 송이 목련꽃
가진 것 몽땅
바깥으로 다 내놓고
애타게 너를 부른다

통틀어 꽃잎 예닐곱 장
허공에 구들로 눕히고
봄볕 한 짐 끌어다
불 지피면서
뜨겁게 손짓한다

동트지 않은
마음 골짜기 걷다가
한기든 나
몸 녹여 가라고
뼛속 깊이 박인
얼음 조각들
당장 꺼내놓으라고

애간장 하얗게
사르며 사르며 불러댄다

봄볕

갓 반죽한
그리움을 굽다가
하얗게 태웠다

네게로 쏠리는 생각을
제때
뒤집지 못했다

냉이 꽃에 걸터앉은
마음이
까맣게 구겨졌다

제**2**부

물의 정원

쑥

기댈 데가
바닥뿐이어서
바닥을 쓸어안고
바닥에 입 맞추며 산다
쪽방촌, 막다른 골목에서 광장까지
꾸역꾸역 없는 길을 내며
개돼지에 짓밟혀도
오체투지 몸 던져
목숨의 바닥만은 푸르게 지켜낸다
깃발 꽂았다고
함부로 삽질 하지 마라
세상 돌아가는 꼴이 아니다 싶으면
단숨에 우우 일어나
휘황한 제후의 뜰도
일순
쑥대밭으로 만들고 말 테니

남편

찌든 속옷 욕실 바닥에
웅크리고 있어
툭툭 털면 앓는 소리
한 됫박은 실히 나오겠네

꾸깃꾸깃한 면 란닝구
늘어진 목에서 옆구리로
너울거리는 주름들
여울에 휘둘리며
굽이굽이 태워다 준 뗏목 같아
손등 이마에 대고 절하고 싶네

파랑에 긁힌 생채기마다
히말라야 나드 향유
찰찰 들이붓고
손사래 치며 밀어내던
구김살 안으로 가만히 들어가
까무룩 토막잠 든 그의 가슴에
산수유 꽃 노랑으로 스미고 싶네

물안개

운길산 골짜기에
커다란 가마솥
수십 개 걸어놓고
무얼 저리 설설 끓이나
뿌옇게 오르는 김
산마루까지 집어삼킨다
일주문에서
대웅전 마당까지
너나없이 떨군
온갖 번뇌
비구승이 갈퀴로 긁어다가
솥마다 그득히 앉혀놓고
뽀얗게 삶는 중인가
아예
무쇠솥마저 고는 중인가

기일

파릇한 가지
하나
꺾어 주신다면

손에 쥐고
당신의 발치에
몇 자 적고 싶네

반 응달 등걸 밑
민들레꽃으로
이렇게라도 찾아주어서

고맙다고

모자에 대하여

도토리 몇 알
바닥에 떨어져 뒹군다
한때 그늘 푸른 가지에 앉아
아랫것들 굽어보며
놀던 때가 좋았지

음각 양각 문양 폼 나던 모자
어디서 잃어버리고
묵사발 재촉하는 지름길에
털레털레 접어들었나

겨우 두 계절 만에
내로라하는 자리에서 떨어져
북풍 해풍 탓만 하는
모자 없는 세상에선 못살 것 같다는
당신들 들으라고

민머리 도토리 알들

조용조용 외치는 소리
죄 없는 숲이 화들짝 놀란다
아무리 질겨도 평생 갈 모자 없으니
있을 때 모자 간수 잘하란다

모자의 '모' 자도 없는
내 머리 내가 쓰다듬으니
보란 듯 정수리 때리고
사라지는 상수리 한 알

사는 이유

소소리 높은 전신주
밑동을
애리한 넝쿨손으로 붙잡았다
가파른 외길
차가운 환대에도
기죽지 않고
손바닥 쓸쳐도
기를 쓰며 올라간다
꼭대기로 가는 시간들
힘에 부쳐도
앞섶에 눈물 콧물 떨어져도
멈추지 않는다
까마득히 보이는 저 끄트머리에서
뒤돌아보면
위태로운 허공에
푸른 길 하나 놓여 있으리니
바람 찬 벼랑에
따사한 다리 하나 놓여 있으리니

적요

풀등에 서 있는
백로 한 마리
햇살 한 촉 입에 물고는
날리는 깃털도 제 것 아닌 양
물가의 돌멩이와 한가지로
눈도 깜빡이지 않는다

간선도로를 때리는
자동차 소음도
시도 때도 없이
징징거리는 내 오랜 귀울음도
단번에 쓰윽 뭉개고 마는
저 숨 쉬는 지우개

갖고 싶어라

용늪 가에서

산그림자
물결 노 저어
닿을 듯 다가오면
발등 간질이던 봄볕 몇 줌
사부자기 흘러
어린 부들 일으켜 세우고

갸웃 휘도는
용늪 따라
멈춘 듯 걷는 듯
서성이노라면
자맥질 안 해도
머리끝에서 발끝까지
온통
초록 물

조언

- 韻頂에게

피는 꽃과 지는 꽃 사이에서
피고 짐에
연연치 말기를

치켜든 턱과 떨군 고개 사이에서
높고 낮음에
가슴 치지 말기를

울음과 웃음 사이에서
지나가는 것들에
넋 놓지 말기를

물 아래 물이 되어
끼끗하기를

돌 속에 돌이 되어
잠잠하기를

도끼를 눕힌 모탕이 되어
오래오래 견디기를

민들레꽃

새똥 떨어진 자리에
꽃 피었어요
똥 무덤 위에
재잘재잘 돋아난 노란 꽃
가만히 들여다보니
똥이 꽃이 되는 길이 있군요

몸에 좋다며
민들레 잎도 먹고
뿌리도 먹고
푸짐하게 싼 똥으로
꽃 한 송이도
못 피운다는 게 말이 되나요

부리만도 못한 주둥이들
다물어요
제발!

정배리의 봄

추녀 끝에
매달린 풍경 두엇
늦잠 든 바람 흔들어
달그랑
달그랑

부스러기 어둠 털어내고
울 너머
어깨 처진 목련 곁가지
사뿐 들어
돋을볕 쉬어 갈
자리 마련하라고

하얗게
하얗게
맴돌고 있다

물의 정원

얽히고설킨 세상사
실마리 찾는
소란
고요로 접어

들쭉날쭉 불편한 사이
가만가만 밀고 당겨
수평을 이뤄

나무도 풀도 새들도
다 내려와
속내를 나누고

벼랑도
이미
수직 허물어
은어들 쉼터인 걸

실족失足

움푹한 나날
아무리 뒤적여봐도
흙먼지 아니면 흙탕물
그게 다 아니냐고
깔떠보았다

작은 웅덩이가
말없이
입가를 실룩거렸다

헛디딘 후에야
그 썩소의 의미를
알아챘다

웅덩이 벗어나도
한동안
길이란 길들
다 절룩거린다는 것을

봄봄

볕살이 뒹구는 부푼 길을 걸어 본 적 있으신지요
굼틀거리는 기운이 발등으로 기어올라 종아리
에 휘감기면 막혔던 사유의 물관이
화들짝 열리고 흙과 돌멩이 틈으로 길을 내던
뿌리의 떨림이 장딴지를 타고 올라
둔부를 훑고는 가슴 안에 가득 차 울렁거립니다
빛이 바람과 사운거리며 수맥의 실핏줄을 타고
오르면 누리는 오감의 빗장을 열어젖힙니다
빈 가지마다 푸른 힘줄 도드라지면 마음의 누
옥에도 해묵은 얼음이 풀려 봇도랑을 지나 개울
로 시내를 흘러 샛강으로 나아가지요
천천히 먼 산모롱이를 돌아 돌아 몸 푸는 강을
건너온 봄이 있는가 하면
당신처럼
발바닥을 밀어 올리며 솟구쳐 허공을 들썩이게
하는 봄도 있지요
두드리고 흔들어 닫힌 가슴 막무가내로 휘저어
놓고는 마구마구 피어나라 합니다
보세요 우리의 봄을

5월

이맘때쯤
숲은 온통 손이다

축 처진 어깨 감싸주고 싶어
금 쩍쩍 간 마음 싸매주고 싶어
벼랑 끝에 서 있는 두 발 붙잡고 싶어

푸른 땀 철 철 흘리며
세상으로 급히 내려오는
연둣빛
무수한 손
손들을 보라

천상의 화가

잠 덜 깬
자작나무 등 뒤로
연둣빛 캔버스
둘러놓으시고

지난 밤
비바람에 앓아누운
풀잎 하나 없는
산발치
흐뭇이 바라보시며

참 잘했어요
별 도장
하양 노랑 보라 도장밥
풀밭 가득 꾹꾹
붓끝으로 찍어 놓으시니

별꽃 양지꽃 제비꽃

틈바구니에
풀 중의 풀
나도 꽃이 되옵니다

고별

쓰러진
망초를 보았다
꺼져가는 목숨 부여잡고
이웃이라 여겼던 수풀 쪽으로
사력을 다해 손을 뻗었을

그 절박한 눈빛
떨쳐내는
무리의 냉소를 똑똑히 잊기 위해
남은 피 쥐어짜
바닥에 글이라도 새기고 싶었을

필사체로 사위어가는 한생을
굽어보며
내 것 아닌 슬픔에
심드렁한 조의를 표하는
숲을 지나
동구로 내려가는 다저녁때

등 뒤에
우거진 쓴소리
역정 난 어스름이
뭉텅뭉텅 도려내고 있었다

귀뚜라미

또르르
뚜르르
날 새도록 어딘가에
구멍을 뚫는다
쉴 새 없이 흐르는 시간을
동력 삼아 지치지도 않는다
마른 잎사귀 하나도
조각 못 내는 깜냥이라 비웃는
나를 찾아내
기어이
귀를 뚫고
가슴을 뚫고
내 속에 깊이 모를
허방 하나 아마득하게
파놓고 가버렸다

금낭화

남모르는 살내음
비단 주머니에 담아
달빛 살강 아래
깊숙이 두었더니

구석진 기다림
깊어갈수록
요요한 향기 층층 쌓여
아귀 절로 벌어지는 봄밤

향낭 거꾸로 쥐고
탈탈 털어
5월의 정수리에 붓는
금낭 아가씨

낭창거리는
허리춤 그 어름에서
당신도
그냥
말문 닫고 마네

겨울에서 봄으로

빈 그물 하나 씩
두루 펼친 느티나무
바람의 강에 허리를 적시며
겨울에서 봄으로

처음부터
저 그물 수상하다 했지
길 잃은 구름이나
일 없는 낮달이나
잡았다 놓았다 하는 양이

마른 강을 거슬러 온
박새 한 떼
간만에 그물을 흔든다
모처럼의 끼니는
울음통이 쏟아 낸 블루음계

쓰고 짜고 떫은 가락

눈 꼭 감고 삼켜야
등 푸른 잎들 몰려올 거야
그물이 터지도록
바람의 강 흔들어댈 거야

겨울에서 봄으로
딱한 내 그물
먹어치운 박새는
점점 성글어지고

봄날은 간다

길바닥에 쪼그려 앉은
민들레꽃
발끝으로 빠르게 걷는
시간의 자취 엿듣고

바람의 길숨한 손가락 사이로
흩어지는 벚꽃 잎들
낱낱이 홀로 떠나가는 저녁

낯익은 뒤란 돌아보며
영영 가는
한 줌 연기 쫓아
외진 산모롱이 돌아가는
시디신 봄날

가면서
맥없이 떨군
노랑 댕기 하나
길섶을 아주 잠깐 비추다가
미망 속으로 사라져 가고

제**3**부

쯧 쯧

틈

인정사정없는
콘크리트 바닥도
틈을 내보일 때가 있다

웬만한 읍소엔
꼼짝 않던 빗장을
슬그머니 열어젖힐 때가 있다

초주검 된 풀씨가
절박한 걸음으로 뛰어들 때

장대비에 뚜들겨 맞은 들꽃
상처 난 뿌리 뻗어
흙 한 줌 간절히 청할 때

가슴 한쪽 깨뜨려
열고서
한동안 눌러

살다 가라 할 때가 있다

깨져야 꽃이 온다고
힘주어 말할 때가 있다

고대苦待

강가에서
쭈그리고 앉아
손톱 물어뜯는다

뼛속까지 저릿저릿하게 할
모국어
한 문장
어느 물굽이 감도는지

눈물 쏙 빠질
여울목도
웃으며 건너게 해줄
행과 연의 뱃머리

아직도
올 기척 감감한
그것을
눈 빠지게 기다린다

쯧 쯧

잃어버린 열쇠
산책길 되짚어 겨우겨우
나뭇가지 끝에서
찾았다

닫힌 지상의 문들 따돌리고
너 왜 거기 높이 올라가 있니?
열쇠 아닌 열매로 살고파?

아무리
바람 들이켜고
햇살 씹어 삼켜봐라

가지 흔들릴 때마다
쇳소리 잘그랑거리고
잠긴 문들 쪽으로
이냥
기울어지는 몸은 또 어쩌려고

민들레 씨앗의 노래

이 기척은
정말 믿어도 되는가
홀연히 오마고 하던
바로 그날 인가
바람을 앞세우며
오시는 이
과연 당신인가
나부끼는 절벽 끝에
깨금발로 서서
울고 웃던 시간
들추어
신발 속 먼지까지
다 털어내 버리면
찰나에
허리를 휘감아
하늘 바다 저 너머로
데려다줄 것인가

연밭

늪이 차려놓은
저녁 상위에
가득 벌여 놓은 푸른 접시들

너도나도
우묵한 바닥에
바람 한 국자씩 떠안고서

갸웃갸웃
욜랑욜랑

담을 수 없는 것
담고서
분별없이 흔들리는 것이다

별 리 1

울안에
나목 한그루
다시는 꽃 같은 것
연연치 않겠다더니

콩닥거리는 가슴
눈부셔라
가지마다 빈틈없이
앉은 저 저 저 꽃들

언제 왔느냐
아주 살러 왔느냐
대놓고 물어도
입꼬리만 살짝 들리고

말없이
가기만 해봐라
가만있지 않겠다

으름장 무색하게

언제 왔느냐 싶게
가면서
난분분 흘리고 간
헛말 헛웃음 조각들

진종일
쓸어내다
덧난 손바닥
쓰리고 아린 봄날

웃음

마주 오던 노파가
묵정밭 머리에
멈춰 서서
망초가 참말로 이뻐야
혼잣말 끝에 눈웃음 짓는다

버려진 땅에 뿌리내린
쓰잘머리 없는 것들
누가 뭐라던
머리 조아리며
파안대소한다

구겨진 얼굴
활짝 편 하늘도
허리 구부정한 노파 따라
웃음꽃 실실 뿌려 쌓는데

해 아래

못난 것들
없는 것들
삽시에 환해진다

지렁이

바닥에서 바닥으로
긴 죄 밖에 없는데
찍소리도 못하고 짓밟혔다
숨도
꿈도
거덜 났다

물결표시 하나로 달랑
불안했던 생을 요약해놓고

지렁이 흙으로 가는
마지막 길을
조문하는 당신은
어디로 가는 중이신가

납작 눌린 껍질
빠져나간 목숨
허공을 한 번

짧게 비틀었다가 놓고

내 발등
불현듯
꿈틀한다

별 리 2

골짜기를 버리고
올라온 물안개가
구름 방주에 아등바등 오른다

멀어져 가는 선미
손 흔들어 보내던 산마루
눈물 흘러
뒤꿈치가 젖는다

가면서
가면서
돌아보는 얼굴이 젖는다

칡넝쿨

기어코
경계를 넘어
뜨거운 아스팔트 위로
죽기 살기로
손을 뻗어
움키는
저 시퍼런 욕망의 촉수

쥐똥나무에게 묻다

쥐똥나무꽃 향기가 장엄하게 언덕을 뒤덮는다
밀도 높은 향기
순식간에 콧속으로 잠입 가슴을 점령한 후 무
방비로 놓인 손목 찾아 덜컥 수갑 채운다
그 몽롱한 향기의 오라에 묶여 표류하다가
무사히 네게로 닿으려면
오디세우스의 선원들처럼 쥐똥나무가 걸음을
멈춘 곳까지 밀랍으로 후각을 차단해야 하리
그러나 그러기엔 너무 늦었다
쥐똥나무꽃 향기는 이미 안으로만 집중하던 자아를
밖으로 확장하는 중이다
해서
쥐똥나무에게 출신지가 어딘지 열매가 있는지
없는지 뿌리가 쓴지 단지
묻는 대신에
향기의 깊은 안쪽에 대하여
향기의 결과 결 사이를 누비는 환幻에 대해서
언덕을 떠나지 못하는
칼날 같은 그리움에 대해서만 묻기로 한다

달개비

벼랑 끝에서
간신히
밥 먹고 일하고
잠자는
달개비는 왜 보여서

혹 가다 만난
나지막한 언덕도
힘들다 돌아가자 가자니까
조르다가도

벼랑을
깔고 덮고 사는
그들 귀에
들릴까 봐
얼굴 한사코 붉어집니다

거저

콩밭은
새벽마다
거저 받은 이슬로
잎잎이 촉촉한 윤기 흐르고

동트자마자
옜다 거저 주는 볕살로
이랑마다
한가득
금빛이다

도무지
값을 가늠할 수 없는
이 아침
이 햇살
이 호흡

밭머리

앞세우고 염치없이
나
또 거저 받는다

연가蓮歌

연잎으로 치부를
가린 죄는
달게 받겠습니다

따가운 햇살
떼로 몰려와 졸라대도
밀봉한 가슴만은
열지 않겠습니다

깊숙이 쟁여둔
옥합 속 향기는
오직 당신 것
마음 절며 오시는 쓸쓸한 날
깨뜨려
머리 위에 부어드리겠습니다
무릎 꺾으신 자리마다
맺힌 피멍
머리 풀어
보얗게 씻어드리겠습니다

수련

연못 둘레길
걷던 연인
그림자 벗어 울타리에
걸처놓고
황급히 사라졌다

물 위에 붙어 앉은
수련 한 쌍
주고받는 눈짓 뒤에
번지는 미소
물낯에 찍히는 연지곤지

엄니의 깨밭

강파른
한 뙈기 깨밭에
사나운 바람 부네

칭얼거리는 솥단지
물 한 바가지로 달래놓고
엄니,
머릿수건 쓰고
깨밭으로 들어가네

숭숭 구멍 뚫린 한세월
깻잎 덧대 깁느라
엄니,
해가 바뀌어도
이랑 밖으로 못 나오네

온갖 신산 떨쳐입고
뿌리 깊이 내려간 울 엄니

강 건너
깨 팔러 간 아버지 만났는지
깨밭 통째로 글썽거리네

갈대1

물낯 어둡게 하는 구름 조각도
물살에 끌려가는 빈 병도
무슨 사연 있겠지
빗질 흔적 없는 머리 흔들면서
그래그래
깡마른 어깨 서로 부딪히며
그럼그럼
휘돌아 멀어져 가는 것들
돌아보며
그네들
겨울 볕처럼 웃는다

갈대2

누가 말하지 않아도
갈 때를 아는 갈대는
건들바람이 환도뼈 치면
무릎의 힘 빼고 눕는다

키 큰 것들 틈에선
보이지 않던 것들이
안간힘 빼고 누우니
모다 보인다

달의 뒷면, 생의 배후
허공에 길을 내다가
찬란히 시드는
생의 궤적이 한눈에 다 보인다

천사의 나팔꽃

불다가
불다가 지친
천사들은
계절 밖으로 나가버리고
나팔들끼리 내는 소리
너무 크거나 작아
내 귀에 들리지 않아요

눈 뜨라고
미혹에서 깨어나라고
나팔들 외치는 소리
귀 없는
구절초만 알아듣고
옷매무새 가다듬고
등뼈 곧추세워요

제4부

뒤를 주목하다

장미에게

짚 동굴에서
한잠 푹 자고 나면
봄볕 재잘거리는 소리에
눈이 떠질 거야
가시도 품고
상처도 품고
까무룩 자다 깨면
환한 세상 열릴 거야
지금은
눈과 얼음의 계절
안으로 스미는 한 오리 빛에
새끼손가락 걸어놓고
째지게 피는 날 기다리는 거야

미필 未畢

까마득 먼
성운 너머 흐르는
은하수 두어 초롱
받아다
탈고 못 한
생의 한 문단에
쏟아붓고
행간을 따라 흘러가다 보면
천천히
둥글게 저물어 가는
결구가 찾아올까

가시

맵짜한 시간들
담담히 끌어안고
밥상 위에 누운 고등어

난바다 거친 물살
곡절 많은 지느러미째로
한 끼니 찬이어라

게걸스럽게 헤집는 젓가락들
배불리 먹인 후
남기고 간
골기 짠한 등 가시

말없이
내어주는 일이라면
가시부터 돋치는
나 보라고

추리고 추린
갑골문 하나
밤바다 등댓불 켜듯
또렷이 써 놓았네

갈대3

기력 없다며
문밖출입도 못 하던 어머니
가을볕이 어째 구수하다며
밖으로 나가더니

햇살 붐비는
못가에 앉아
단풍 든 산자락
눈에 넣고
오물오물 씹고 있다가

부리 다친
오리 두어 마리
가슴팍으로
옆구리로 파고드니

오랜만에 다니러 온
막내딸 품듯
서걱서걱 목쉰 웃음으로
등 토닥여주네

눈석임

잔설이
붙잡고 있는
다 삭은
발자국 하나

뒤축 잡고 늘어지는
지난 시절
풀뿌리며 사금파리
눈물 콧물
닦아주느라

오도 가도 못하고
질퍽거린다

안부

철 지난
갈대숲으로
살러 들어간
개개비 부부

휘몰아치는
바람 갈피에서
아직도 집 한 칸
마련 못 하고서

동지인지 적인지
알 수 없는
갈대와 더불어
발끝에서 머리끝까지
휘청거리는 나날

끝끝내
살아내야 하므로

쓰러질 듯 쓰러질 듯
늦가을 갈대숲
개개비 짧은 팔로
간신히
끌어안고 있다

뿌리 뽑히다

결코
내보이기 싫은
치부를
백주에 쳐들었다

출구 없는 어둠
톺느라
구부러지고 이지러진
이력들
빛 가운데 펼쳐놓고

제 상처 제가 핥아
새살 돋게 하는
한 마리 짐승이 되어

핥고
또 핥는
혀 밑에서

따스해지는 지난날

풀어도 묶이던
시간의 차꼬 빠져나온
맨발의 뿌리들
허공 훨훨 걷는다

집

북한강 한가운데
쌀쌀맞은 철교 꼭대기에
집 한 채 짓는 중이다
제 몸길이 배도 더 되는
나뭇가지 물고 날아오르는
까치 한 마리
집의 기초를 악문 부리
예각의 막바지에서
부들부들 떤다
안간힘 붙잡고 있는 턱뼈가
바둥거릴 찰나
기둥이 날개를 놓칠까 봐
홀쩍 뛰어오른다
쇠도 꿈틀하게 하는
저 집의 힘!

희원 希願

마음 구석진 곳에
바람은 늘 일어
눈물 반
웃음 반
뒤엉킨 실타래
또 하루 받아들고서

손톱 밑 아려도
올올이
씨줄 날줄로 촘촘 엮은
깨끗한 낳이 한 필
빈 깃대에 매달아

뜨겁고 아프게
찢어진 노을도 흔적 없이
닦아 내고는
나붓나붓 저무는
깃발이 되고 싶다

혼잣말

빗물이
비탈길 내려오며
종알거립니다
한나절 한 구비
찰나에
지나가는 것이고말고

웅덩이가
몰려오는 빗물
받아안으며
중얼거립니다
평평탄탄 대로라고
다 좋은 것은 아니고말고

찰나

야윈 풀잎 끝에
송골송골
물방울들

더는
쪼갤 수 없는
한 방울에 담긴
바람과 구름
흐름과 멈춤
생멸

물방울 하나
떨면서
가리키는
지금
여기

일갈

된바람이 갈대숲을
한바탕 휘젓더니
숲이 두 쪽이 났다

좌로 쓰러진 것들과
우로 쓰러진 것들 사이에
불온한 틈이 생겼다

그 틈 노려보며
좌로
우로
오고 가는
고함과 삿대질

기웃거리던
왜가리 한 마리
무한 허공으로
솟구치며

내려다보면
나누나 합치나
그냥 갈대숲인데
웬 난리냐며
꽤~액
큰소리로 꾸짖는다

매미

울다가
울다가 보니
속이
텅
비었네

그러니까

결국
알맹이는
울음이었네

시방
바람에
굴러다니는
허물은
영영 껍데기였네

그게 나네
그게 다네

풍경

강중거리는
강아지를 데리고
공원을 산책하던 남자
벤치 옆에
모로 서서 고요하다

허공에서 멈춘
그의 손도
순간을 잡고 있는
목줄도 조용하다

줄에 목을 맡기고
급한 볼일 보는 강아지를
말없이 기다려 주는
저 심중

목줄을
쥔 손안에
발그레 피어나는 온기
김이 모락모락 오른다

풀과 풀 사이에서

호밋자루가
무슨
권력이라고
쥐고서
맘대로 쳐냈다

티눈 하나
잡아 빼도
온몸이 저릿한데
생으로 뽑혀
나가는 풀포기에
아무렇지도 않을 밭두렁인가

깃들어 살던
물것들에게
죽기 살기로 물어뜯겨
온 데가 가렵고 쓰리다

호미 던져 놓고
이 골 저 골 긁다 보니
어느새 해넘이
벌겋게 부푼 자리
비집고
욱신욱신 일어서는
풀포기들

뽑아도
뽑아도 뽑히지 않는
존재의 집착

고니를 기다리며

얼음이 먼저 와서
연못을 단단히 감싸 안았다
그 위로 푸지게 쏟아진 눈발로
호사스럽게 펼쳐진 희디흰 비단
고니의 발가락이 활짝 꽃처럼 앉을 거기에
침묵만 떼로 와서 엎드려 있다
고니는 오지 않고
고니를 담을 카메라 렌즈만 발자국에 실려
낮과 밤을 끌고 다녔다
고니의 꿈이 떠다니는 호수는
먼 별 너머에 있고
칼바람 스치는 연못에는
지난 시절 연 줄기들만
얼음 속을 바장이며 조각조각 울음을 깨물고 있다
별빛 하나 없는 밤
양어깨에 하나씩 설움을 둘러메고
길 없는 길을 나선 날개는
어디쯤 날고 있을까

시멘트와 경적에 야금야금 먹혀 가던
호수의 언저리는
검은 달빛이 내려와 히죽 비죽 웃고 있다

뒤를 주목하다

밥물 잦히는 솥단지
그 구수한 내음 뒤엔
끓이고 삶고 찌는 노역
땀방울 마를 새 없고

이슬 꿰어
은빛 찬란한 거미줄
그 영롱함 뒤엔
밤새도록 허공을 걷던
부르튼 거미의 발이 있고

공중으로 사뿐
날아오른 발레리나
현란한 발롱
갈채 뒤엔
뼈마디 툭툭 불거진
기형의 발가락이 있고

어둡고 춥고
아픈 겨울 뒤에
봄은 있고

뒤가 없으면
앞도 없고

양귀비 꽃밭에서

뉜가
강변 너른 길에
왈칵 쏟아놓은
저 붉디붉은
속내는

선홍빛
뜨거운 염문에
화상 입은
외길은
급히 강물 쪽으로
에우는데

앉지도 서지도
못한 채
불타고 있는
저 심중 지나치려니
자꾸 고개가 돌아가네

욜랑대는
핏빛으로
뛰어들고 싶어
뒤엉켜
붉어지고 싶어
차마
발이 안 떨어지네

바닥

나는
허위허위
언덕 오르고
떨어진 꽃잎은 비칠비칠
가풀막 내려가고

외따로이
제가끔
호젓이 걷다가
홀홀 날리다가
마침내 닿은 존재의 바닥

찢어진 날개들
시르죽은 꽃잎들
금 간 마음들이 모여 앉아
두고 온 푸른 망토에 대해
잃어버린 월계관에 대해
엇갈린 애증에 대해

이제 그만
눈길을 거두는 곳
손을 터는 곳
그런대로 의미가 있음을 인정하는 곳
이울어 저무는 것들이
가만히 몸을 포개는 거기
바닥에서

나는
아직도
오르막이었다가
내리막이었다가

詩의 발자욱을 따라서

박 문 재(시인)

몇 년 전인가 운정韻頂 김명옥 시인은 그의 첫 시집 '물마루에 햇살 꽂히는 소리'를 상재하여 세간의 주목을 받은 바 있다.

'환절기, 능소화, 뜨물, 가시리, 안개꽃 한 다발, 부부, 260㎜의 아픔, 참매미, 바느질 옆에서' 등 여러 작품을 잊을 수 없다.

필자는 김 시인이 살아가면서 생生의 진수를 잘 터득하고 경영해 나가는구나 생각하고 마음이 흡족하였다.

이번 2집에 '봄의 경전經典, 쑥, 적요, 조언, 칡넝쿨, 5월, 민들레꽃, 연밭, 조언, 집, 찰나, 고니를 기다리며, 뒤를 주목하다' 등이 특히 눈길을 잡아끌었다.

사진가가 한 장의 사진을 찍을 때 사물을 있는 그대로 보지 않고 풍경 너머 숨겨진 세계까지 담아야 좋은 작품이 나온다고 한다. 있는 그대로 보고 묘사하는 것도 일리가 있겠지만 작품 속에 숨겨진 이야기를 잘 그려내는 일, 그것처럼 중요한 일이 어디 있을까.

시인들은 매번 백지 앞에서 수도 없는 절망과 좌절을 겪으면서 더 좋은 작품을 낳기 위해서 열병을 앓는 일이 부지기수다.

김 시인의 시를 읽으면 우선 마음이 편하다. 서두르지 않고 전후좌우를 살펴 가면서 생각의 미세한 부분까지 따뜻한 손길로 어루만진다. 또 그는 사소한 것에 사로잡히지 않고 오직 詩의 길만 묵묵히 달리고 있다.

그의 詩는 결도 고우면서 다부진 데가 있다. 화장기가 짙으면 천박해지나 있는 듯 없는 듯 그려나가는 솜씨 또한 가관이다.

요란 떨지 않고 한 길로 잘 나아간다는 것은 그만큼 자기 시 세계에 확고한 신념이 있다는 말이기도 하다.

사물을 관찰하는 안목도 옹골차고 적확的確하다. 또 세상 돌아가는 모습을 은근히 매질하는 당찬 모습도 시의 여기저기서 발견된다. 특히 '봄의 경전', '쑥'에서 나타난 시의 경향은 서민과 민중의 힘, 세상을 발칵 뒤집어 놓는 시의 힘이 들어 있다.

내유외강의 모습에 놀랍다. 비단 필자만의 생각일까.

요즘 많은 시인들이 자기 자신도 모르는 난해

한 시 작업을 하고 있다. 번역풍의 어색한 시, 생경生硬한 관념의 시, 응집력이 약화된 시를 읽으면서 한심한 생각이 들 때가 있다.

그는 음풍농월적인 값싼 영탄이나 감상感傷에 빠져들지 않고 늘 새로운 비유를 찾아 천착해나가는 모습 또한 높이 살 일이다.

게다가 시의 행간行間에 숨어있는 비의秘意를 잘 파고들어 끝까지 밀고 당기는 힘이 당차다. 양질良質의 시를 쓰는 일은 시인의 사명이자 반드시 기억해야 할 무거운 책무이다.

시를 쓰는 시인은 아름답다.

아름다움이 세상을 구원한다.

시인은 자기가 느끼는 것과 체험한 것을 표현해내는 은총을 가진 사람이다.

괴테의 말이다.

그의 앞날에 문운을 빈다.

이 도서의 국립중앙도서관 출판예정도서목록(CIP)은 서지정보유통지
원시스템 홈페이지(http://seoji.nl.go.kr)와 국가자료종합목록시스템
(http://kolis-net.nl.go.kr)에서 이용하실 수 있습니다.
(CIP제어번호 : CIP2019019595)

블루음계 - 김명옥 제2시집

초판 1쇄 찍은 날 | 2018년 5월 20일
초판 1쇄 펴낸 날 | 2018년 5월 23일

지은이 | 김 명 옥
펴낸이 | 최 봉 석
디자인 | 정 일 기
펴낸곳 | 동산문학사
출판 등록 | 제611-82-66472호
주소 | 광주광역시 남구 대남대로 340, 4층(월산동)
전화 | (062)233-0803
팩스 | (062)233-0806
이메일 | dsmunhak@daum.net

값 9,000원

ISBN 979-11-88958-11-5 03810